AF351659

المَدِينَة الكَاذِبة

بطاقة الكتاب:

اسم الكتاب: المَدِينَة الكَاذِبة

اسم الكاتب: نورهان سيد مختار

نوع الكتاب: رواية قصيرة

عدد الصفحـات: 50 صفحة

المقاس: 14x 20

رقم إيداع: 2024/5072

الترقيم الدولي: 978-977-87398-7-9

الطبعة: الأولى، 2024م

رئيس مجلس الإدارة
مها المقداد

للتواصل والطلب من داخل أو خارج مصر:
00201129195867-00201033966291

الغلاف والتنسيق الداخلي والمراجعة

فريق دار المصرية السودانية الإماراتية للنشر والتوزيع

فريق عمل

دار المصرية السودانية الإماراتية للنشر والتوزيع

فريق عمل

سحر الروايات - ShrElRawayat

تصـــــميـــم الـغــلاف: مـــريم وائــــل

الـتـنـسـيـق الـداخـلـي: مـريـم مـحـمـد سـيـد

دار المصرية السودانية الإماراتية للنشر والتوزيع-مها المقداد

+201289024055

<u>Mahaelmukdad@gmail.com</u>

المَدِينَة الكَاذِبة

"وقعت في عشق السراب"

نورهان سيد مختار

إهداء

إلى أبي الذي يؤثرنا على ذاته دومًا، أُحِبّكَ وإن لم أقولها

إلى أمي مصدر الضوء في حياتي، أُحِبُّكِ

إلى جدتي الغائبة الحاضرة تؤنسني أحاديثك وضحكاتك في جوف الليل عندما يغلبني اشتياقي لكِ.

إلى من استقطع من وقته الثمين ليقرأ ما دونه قلمي المتواضع

إهداء ثان

إلى أيامٍ عجاف نظن أنها ستُهلكنا لكنها تنقذنا من براثن الوهم.

فوضى عارمة تولّدت من بين طرقات المشفى عقب وصول فتاة في حالة حرجة بعدما وُجدت مُلقاه على الطريق غارقة في دمائها، لينتشلها أحد المارة وينقلها على الفور إليها والتي -بدورها- أرسلتها سريعًا إلى غرفة العمليات نظرًا لسوء حالتها التي تصارع من أجل البقاء.

ظلّت تداهمها الذكريات حتى غزت عقلها وأفقدتها القدرة على التحمل ليسمح لها عقلها بالانسحاب من المعركة

***

أقبَل السيد "عبد الله" من عمله فرحًا بتلك الفرصة الذهبية بحصوله على عمل جديد في القاهرة بالإضافة لمسكن له ولعائلته

صاح مناديًا على زوجته وأولاده ليخبرهم بتلك البشرى في حين تحطمت آماله عندما عقّبت زوجته مستنكرة:

- انت عايزنا نسيب بيتنا وأهلنا وناسنا ونروح مكان منعرفش فيه حد

كان الحديث هذه المرة من نصيب "داليدا" التي هللت متحمسة وهي تصفق بيديها كالأطفال:

- وفيها ايه يا ماما لمَّ نروح القاهرة هناك حياة جديدة وفرص احسن لينا كلنا، وبعدين ما احنا طول عمرنا عايشين هنا ومش لايقين فرص مناسبة، عندك "عاصم" مثلا متخرج من سنتين ومش لاقي شغل بشهادته مع انه محاسب وممكن يلاقي فرص كتير هناك و..

قاطعتها والدتها وهي تنظر لها بحدة جعلتها تتراجع قليلًا:

- اسكتي انتي صغيرة متفهميش حاجة واخوكي لو عايز يلاقي شغل هيلاقي

تأففت بطريقة مضحكة وهي تضرب قدميها كالأطفال:

- هو انا عشان أصغر واحدة هنا كل شوية تطلعوني مش فاهمة حاجة، أنا مبقتش صغيرة أنا في ثالثة صيدلة ثم وجهت الحديث لوالدها الصمت منذ بدء الحوار بينها وبين زوجته:

- ما تقول حاجة يا بابا حاول تقنعها عشان خاطري نفسي نروح هناك

- لسة فاكرين إني موجود انتوا قاعدين تتناقشوا كإني هوا

- مقصدش يا بابا انا بس بحاول اقنع ماما إن هناك احسن لينا كلنا

- خلاص يا "داليدا" روحي على اوضتك.

انسحبت بهدوء إلى غرفتها وهي تتخيل تحقيق حلمها بالذهاب إلى القاهرة، تلك المدينة التي تمنّت أن تزورها يومًا على أمل أن تثبت ذاتها وتجد نصفها الآخر وتعش قصة حب أسطورية كالروايات.

- هتفضلي واقفة كده يا "سهير" تعالي اقعدي

تحركت خطوات قليلة حتى جلست بجواره قائلة بنبرة هادئة كي تستجدي عطفة

- قبل ما تقول حاجة يا "عبد الله" انا مش موافقة

كاد أن يتحدث فقاطعته باستنكار لما سيقوله:

- انت عايزنا نسيب المنيا اللي احنا وعيالنا كبرنا واتربينا فيها ونروح القاهرة!

ضجر من كثرة الحديث معها عن هذا الموضوع فأضاف بحزم ونبرة غير قابلة للنقاش:

- الكلام خلص يا سهير احنا هننقل هناك بعد إسبوع عقبال ما نجهز حاجتنا ولمَّ عيالك يرجعوا عرفيهم.

ورحل وتركها خلفه تصيح بكلمات غاضبة أما الأخرى فقفزت من شدة الفرحة عندما سمعت حديث والدها الذي لا رجعة فيه.

وفي المساء عاد أشقائها الذين سعدوا كثيرًا بهذا الخبر وهم يرون آفاقًا جديدة قد تنفتح لهم.

***

- الجهاز بسرعة بنخسر المريضة

صاح بها الطبيب وهو يرى استقامة الخط الذي يشير لمعدل ضربات القلب قبل أن ينتزع الجهاز منه ويبدأ بعمل الصدمات الكهربية حتى استجاب وعاد للنبض من جديد وعادت معه ذكرياتها المؤلمة.

مرَّ أسبوع وكان الجميع في غاية السعادة لانتقالهم إلى هناك وبالأخص "داليدا" التي أسرعت في اجراءات نقل أوراقها إلى الجامعة لاستكمال دراستها، بالإضافة إلى شقيقتها "منال" التي أنهت دراستها الجامعية بكلية الحقوق وسارعت في البحث عن عمل كما شقيقها الذي حالفه الحظ واستطاع والده أن يجد له عملًا في المصنع الذي انتقل إلى فرعه الآخر.

في صباح يومٍ جديد

استيقظت "داليدا" مبكرًا في همةٍ وحماس وتكاد تقسم أن هذا الصباح هو أفضل صباح لها على الإطلاق بعدما تحقق حلمها بالعيش في القاهرة، أنهت ارتداء ملابسها وأسرعت للتنزه بين أرجاء المدينة بعدما أخذت إذن والدتها التي بالكاد وافقتها.

***

- تمام يا "منال" انتِ ما شاء الله تقديراتك كويسة وتقدري تبدأي شغل معانا من بكرة

هتفت بسعادة ونبرة يظهر بها الامتنان:

- شكرًا جدًا يا أستاذ "رياض" وإن شاء الله اكون عند حسن ظن حضرتك

- أتمنى كده، انا توسمت فيكِ خير

- بإذن الله يا فندم وشكرًا مرة تانية على ثقة حضرتك فيا

ابتسم لها مجاملة قبل أن تستأذن للمغادرة وهي تشعر أن الأرض لا تسع فرحتها؛ فكم تمنت أن تعمل في مجال دراستها وليست أي وظيفةٍ فحسب وقد حقق الله أمنيتها.

أخرجت هاتفها وثوانٍ وكانت تضعه على أذنها بانتظار الرد وبمجرد أن جاءتها الإجابة حتى صاحت مهللة:

- باركيلي يا "داليدا" انا مبسوطة جدًا

عقّبت بتعجب مرح وهي تعقد ما حاجبيها:

- ربنا يسعدك كمان وكمان بس ايه سر الفرحة دي واباركلك على ايه

أردفت بغرور مصتنع ومازالت البسمة مرتسمة على ثغرها:

- أخيرًا لقيت وظيفة أحلامي ومش في أي مكان لا ده مكتب الأستاذ "رياض سلّام"

تساءلت باهتمام ووجل بعدما تذكرت الاسم:

- "رياض سلّام" اللي هو

قاطعتها بسعادة تدفقت من بين نبرتها:

أيوة هو أشهر محامي في مصر اللي دايمًا بنسمع عنه في التلفزيون وعلى النت

هللت بسعادة هي الأخرى بعدما تأكد حدسها:

- مبارك يا "منال" ربنا يجعله خير ليكِ

- الله يبارك فيكِ يا حبيبتي، سلام بقى عشان اروح افرح ماما

وأغلقت الهاتف دون أن تسمع ردها وأسرعت في طريقها للمنزل كي تزف والدتها بهذا الخبر السعيد.

***

مرَّ شهر دون أحداثٍ تُذكر سوى انتظام "داليدا" في جامعتها واستلام "عاصم" العمل كمحاسب في أحد مصانع الأنصاري التي يعمل بها والده وحصول "منال" على ثناء مديرها لتفوقها في أحد القضايا.

رن هاتفها برقم مجهول فترددت قليلًا في الإجابة قبل أن تحسم أمرها، هتفت باستغراب:

- السلام عليكم، مين معايا

- "داليدا" انا "عاصم" عايزك تعدي عليا تديني الموبايل عشان نسيته

تحدثت بنبرة هادئة لا تخلو من الغضب:

لا انا كده هتأخر على المحاضرة وبعدين...

قاطعها بنبرة حازمة مرحة:

- هي كلمة يا "داليدا" هاتي التليفون والعنوان انتي عارفاه، سلام

تنهدت باختناق فالمناقشة معه لن تُجدي نفعًا فقررت الذهاب إليه
و......

- لو سمحت هو ده مصنع الأنصاري؟

استدار سريعًا بمجرد سماعه لهذا الصوت الأنثوي الهادئ ليجد
فتاة رقيقة تقف حائرة ويبدو أنها تبحث عن شيءٍ ما

هتف بوله وعيناه تتفحص ذلك الملاك الذي أمامه:

- بتدوري على حاجة؟

أجابت وهي تشير على أحد المباني الضخمة:

- أيوة بقول لحضرتك هو ده مصنع الأنصاري

- اه هو ده المصنع اتفضلي اوصلك

تشعّب الغضب أوردتها وهي ترمقه بازدراء

- وتوصلني بصفتك ايه هو عشان سألتك على مكان هتستغل
الفرصة

ارتسمت ابتسامة جانبية على ثغره ثم مد يده هاتفًا:

- انا "سيف الأنصاري" صاحب المصنع.

- تشرفت بحضرتك بس انا اسفة مبسلمش

كبت غضبه باحترافية وسحب يده بإحراج قائلًا:

- ولا يهمك اتفضلي.

تحركت سريعًا من أمامه وهي تشعر بالتوتر من حديثه معها
وأن قلبها يكاد يقفز من بين ضلوعها لشدة خفقانه تاركة خلفها
أحدهم وعلى وجهه ابتسامة لا يعرف مصدرها.

- اتفضل يا "عاصم" موبايلك اهو وياريت متنساهوش تاني.

ضربها بخفة على جبهتها وهو يتناوله منها:

- بس يا لمضة ويلا عشان تلحقي جامعتك

- حاضر سلام

والتفتت مغادرة باستعجال غافلة عن تلك العيون التي تتابعها.

***

- الحقنا يا دكتور المريضة اللي في غرفة 302 حالتها بتسوء

هتفت بها الممرضة بصوت مرتفع بعدما هرعت إلى غرفته

هبّ من مقعده فور سماع كلماتها مسرعًا إلى غرفة العناية ليجدها تصارع إدخال الهواء رئتيها ليقوم بعمل اللازم لها حتى استقر وضعها الصحي، أزال القناع عن وجهه ونظر للممرضة نظرة جعلتها تتراجع قليلًا قبل أن يصيح بعصبية بالغة:

- مش انا قولت المريضة تفضل تحت الملاحظة وتتابعيها باستمرار؟

تكلمت بصوت منخفض في محاولة منها ألا يوبخها:

- والله يا دكتور انا بطمن عليها كل شوية

قاطعها غاضبًا:

- ولمَّ بتتطمني عليها كل شوية حصلها كده ليه؟

طأطأت رأسها بخزي ولم تعرف بما تجيبه في حين عقّب بعدما هدأت نبرته:

- وصلتوا لحد من أهلها؟

- لا يا دكتور مكانش معاها غير بطاقة ومكتوب فيها عنوان في محافظة تاني، واضح إنها لسة جاية القاهرة من فترة قريبة

ـ طيب لو حد سأل عنها عرفيني.

قالها بيأس وهو يغادر مرة أخرى إلى مكتبه

أما عنها فأبت الذكريات أن تدعها وشأنها وأقسمت أن تنال من عقلها وتفتك بها.

مرّت ثلاثة أشهر و"سيف" يحاول التقرّب من "داليدا" ولكنها ترفض ويظل هو في محاولته حتى أحبته حبًا جمًا وبادلها الشعور وكانت في أوج سعادتها فقد تأكدت من صدق حدسها أنها ستجد فارس أحلامها في تلك المدينة، زيّن لها الحياة وأراد إسعادها بكل الطرق حتى أنهما اتفقا على الزواج بمجرد أن تُنهي سنوات الدراسة، أقسم أن يجعل حياتها مختلفة منذ لحظة دلوفه فيها وأن يجعلها تعيش ما لم تعِشه من قبل وقد كذب في كل شيء إلّا هذا فقد نفّذ قسمه وجعلها تعيش أسوأ ما قد تعيشه أي فتاة فلم تعد المدينة مكانًا لتحقيق الأحلام!.

عند هذه النقطة لم يتحمل عقلها الصمود أكثر من ذلك فاستفاقت بعد ساعاتٍ من الغيبوبة وهي تصرخ وفي أشد حالاتها انهيارًا، نزعت الإبرة الطبية عن يدها ثم جاءت

لتنهض فوجدت من يقيدها ويمنعها عن الحراك

وجّه الطبيب حديثه سريعًا للممرضةوهو يرى حالة الهياج التي اجتاحتها:

ـ جهزي حقنة المهدئ بسرعة

أحضرتها على الفور وغرزتها في وريدها وسرعان ما هدأ جسدها واستكانت على الفراش.

***

انتفض من مقعده بعصبية بالغة وعروق وجهه قد برزت من شدة الغضب:

- ازاي ده حصل، ازاي نخسر صفقة بالملايين دي كلها

- يا "كرم" بيه احنا عملنا كل اللي نقدر عليه

صفع بيديه على المكتب هادرًا بحدة:

- انتوا لو عملتوا اللي عليكم زي ما بتقول كان زمان الصفقة دي بتاعتنا

- يا فندم

قاطعه بفظاظة وهو يشير له بطريقة عشوائية:

- خلاص مش عايز كلام كتير اتفضل على مكتبك وابعتلي "عمرو"

شعر بالإحراج من طريقة حديثه لينسحب بهدوء محاولًا لململة شتات نفسه قبل أن ينفذ ما طُلب منه

بعد قليل دلف ولده للداخل ومازالت معالم الغضب على وجه الاخر ليهتف بهدوء حذِر:

- خير يا بابا في حاجة؟

- مش خير يا أستاذ احنا خسرنا أهم صفقة كان ممكن الشركة تكسبها

- اطمن يا بابا اللي تجرأ ونقل المعلومات من هنا هتصرف معاه بطريقتي وبالنسبة للشركة اللي خدت الصفقة اخر الأسبوع هتعلن إفلاسها

هدأ قليلًا وابتسم بفخر وهو يربت على كتفه:

- وانا واثق فيك يا "عمرو" وعارف انك مش هتخذلني

ثم تابع بجدية:

- متعرفش اخوك فين؟

أجاب بإيجاز وهو يتجه صوب باب المكتب:

- معرفش مختفي بقاله يومين، بعد إذنك عشان عندي شغل

- اتفضل ويا ريت تكلم اخوك تشوف أخباره

- طيب

نطق بها بلامبالاة قبل أن يغادر وداخله يشتغل غضبًا من اختفاء شقيقه.

***

- البنت اللي جت في حادثة امبارح لسة مفاقتش؟

هتف بها أحد الأطباء وهو ينظر إلى صديقه الذي يجلس خلف مكتبه ويضع رأسه بين يديه

قال ومازال على نفس الوضعية:

- فاقت من شوية وكانت منهارة جدًا، خدت مهدئ ونامت تاني.

قاطع كلامهم طرق على الباب فسمح للطارق للدلوف فإذا بها الممرضة وعلى وجهها علامات الارتباك

- في ايه يا "شيماء"؟

- في ناس تحت بيسألوا عن بنت مختفية من امبارح وقالوا نفس مواصفات البنت اللي جت

هبّ من مقعده بلهفة فور سماع كلماتها

- وهمّ فين دلوقتي؟

- تحت في الاستقبال

بمجرد حصوله على الإجابة حتى ركض مسرعًا ليجد رجلًا رسم الشيب ملامحه عليه ولكنه مازال قويًا وصلبًا وسيدة بدينة بعض الشيء تظهر على ملامحها الصرامة لكن أخفتها نظرات الخوف على ابنتها

- طمنا يا دكتور قالولنا تحت إن بنتي هنا

نطق بها "عبد الله" ما إن رأى الطبيب قادم نحوهم

- بنت حضرتك اسمها "داليدا"

أجابت "سهير" تلك المرة بلهفة وقلب يتآكل خوفًا على صغيرتها:

- أيوة هي "داليدا عبد الله" هي مالها يا دكتور الممرضة قالت إنها جت في حادثة ومقالتش حاجة تاني

نظر الطبيب أرضًا ولم يعرف ما سيقول لهم بالتأكيد لن يتحملوا ما سيُلقى على مسامعهم ولكنه حسم أمره بعد معركة داخلية استغرقت ثوانٍ كانت كفيلة بقذف الرعب في قلوبهم أكثر:

- بنت حضرتك اتعرضت لاعتداء عنيف وده سببلها كسر في الحوض وشوية مضاعفات ونزيف بس قدرنا نسيطر عليه.

سقط الخبر على مسامعهم كالصاعقة واتسعت أعينهم من هول الصدمة حتى أجسادهم خانتهم ليترنح "عبد الله" في وقفته حتى كاد أن يقع أرضًا، بينما الأخرى لم تستطع قدمها حملها وسقطت بإهمال على أقرب مقعد يحاولون استيعاب ما ألقى عليهم.

نظر لهم الطبيب بإشفاق ثم عقّب بتردد:

ـ انا جهزت التقرير ووضحت فيه كل حاجة عشان لازم تعملوا محضر.

تجمعت الشياطين أمام وجهه بمجرد ما تفوه الطبيب بذلك ليصيح بنبرة غاضبة:

ـ انت عايزها تفضح نفسها وسيرتها تبقى على كل لسان!

نطق بصدمة مرتسمة على ملامحه بوضوح:

ـ اومال تسيب حقها واللي عمل فيها كده ميتحاسبش!

ـ دي حاجات تخصنا يا دكتور ملكش تدخل فيها.

تكلّم باستنكار وقد بلغ الغضب ذروته:

ـ ازاي متدخلش فيها انا الدكتور المعالج والحالة اللي قدامي دي كارثة بكل المقاييس وانا كده مضطر ابلغ البوليس

تحدثت والدتها تلك المرة -بنبرة حزينة يكسوها الإنكسار- في محاولة لقمع رغبته:

ـ أرجوك يا دكتور لمَّ تقوم بالسلامة احنا بنفسنا هنبلغ بس نطمن عليها الأول.

لا يعلم كيف هدأت ثورته ولكن ربما صوتها الذي يحمل بين طياته الألم والذل وربما ملامح وجهها التي بهتت فور ما علمت بما تعرضت له بنيتها

ـ ده لمصلحتها عشان اللي عمل كده يتعاقب

بتر حديثه عندما أمسكه "عبد الله" من ياقة قميصه الطبي صائحًا بنبرة عدائية:

ـ لو فكرت تبلغ وتفضح بنتي قول على نفسك يا رحمٰن يا رحيم.

نفض يديه بعنف هادرًا بصوت مرتفع:

- انا مبتهددش واللي عندي قولته هبلغ البوليس يعني هبلغه

كاد أن يتحدث ولكن صراخ ابنته من الغرفة المجاورة حال دون ذلك

ألقى عليه الطبيب نظرة مشمئزة وأسرع بالدخول إلى غرفتها وقبل أن يصل إليها كانت بين قبضة أبيها ينهرها بعنف ويده تلتف على خصلات شعرها:

- منك لله فضحتينا وحطيتي راسنا في الأرض وأكمل بقسوة غير مكترث لحالتها:

- مش هنعرف نرفع عنينا في حد بعد كده وهنعيش مذلولين طول العمر وكله بسببك.

حَضَرَ رجال الأمن سريعًا بعدما هاتفهم الطبيب ليخرجوا "عبد الله" بالقوة وهو يُلقي عليها أفظع السِباب ومازالت ثورته مشتعلة ومن خلفه زوجته الصامتة وكأنها تتقبل من يفعله زوجها.

اقترب منها الطبيب ووقف على مسافة قريبة منها قائلًا وهو يشير لها بيده كي تهدأ:

- اهدي اهدي خلاص محصلش حاجة هو خرج ثم تابع بهدوء حذِر:

- انا هقرب دلوقتي عشان احط الحقنة في المحلول

ارتجفت أوصالها وكادت أن تصرخ ولكن زاغت عيناها واستسلمت للظلام.

***

مرّ يومان ومازالت على حالتها، تستيقظ لتصرخ ثم تغفو مجدّدًا بفعل الدواء الذي تتناوله

ـ وبعدين يا بابا هنعمل ايه في المصيبة دي لو حد عرف هيبقى منظرنا ايه؟

أجاب بأسى وهو يضع رأسه بين كفيه دون أن يرفعهما:

ـ والله ما عارف يا "عاصم" بس المهم دلوقتي إننا نقفل ع الموضوع عشان محدش تاني يعرف وخصوصًا أهلنا في البلد.

صاحت باستنكار رافضة ما يتفوهون به:

ـ انتوا ازاي كده ازاي عايزينها تسيب حقها وتفضل طول عمرها عايشة مقهورة عشان بس محدش يعرف.

أحكم قبضته القوية على خصلاتها هاتفًا بصوت غليظ:

ـ متتدخليش في اللي ملكيش فيه احنا عارفين بنعمل ايه.

قالت وهي تحاول التملص من قبضته المؤلمة عليها:

ـ بدل ما انت عامل راجل عليا روح هاتلها حقها من اللي عمل فيها كده وبعدين تعالى قولي اتدخل في ايه ومتدخلش في ايه

أخرستها صفعة قوية طُبعت على وجنتها سقطت على أثرها أرضًا لتنظر لأخيها بصدمة سرعان ما أفاقت منها قائلة بحسرة وخيبة أمل وهو توزع نظراتها بينه وبين والدها الذي لم يكلف نفسه عناء الدفاع عنها:

ـ يا خسارة يا "عاصم" كنا فاكرينك سند لينا انت وبابا بس للأسف طلعتوا أبعد ما يكون عن الكلمة دي.

ألقت كلماتها بوجههم ورحلت إلى غرفتها ودموع القهر تغمر وجهها فلم تؤلمها صفعته بقدر ما يؤلمها خذلانها ممّن ظنتهم

الأقرب لها فإذا كانت رابطة الدم هشة لتلك الدرجة فماذا يفعل الغرباء، فاللعنة على من ظننا أنهم لجوارنا في أحلك أوقاتنا ولم يكونوا سوى أشباه بشر أضافوا الحاء بقسوة فأضحت جوارحنا لا تندمل.

لم يأبه لحديثها ولم يشعر بالذنب ولو قليلًا وإنما اتجه صوب الباب ليوقفه صوت والده القوي:

- رايح فين دلوقتي وسايبنا

- اشوف الهانم فاقت ولا مقضياها نوم ولا على بالها المصيبة اللي وقعتنا فيها

نهض وهو يهندم ثيابه ويشير لزوجته التي أنهت ارتداء ملابسها:

- استنى انا وامك هنيجي معاك

أومأ له بالموافقة وانطلقوا إلى المستشفى.

***

على الجانب الآخر

كانت تصارع تخيلاتها التي تملّكت ذاكرتها وتتذكر حياتها كيف كانت وكيف أصبحت بين ليلةٍ وضحاها، فقدت ذاتها وأحلامها وبالتأكيد ستفقد حياتها على يد أبيها وأخيها تحت مسمى (جابت لنا العار ولازم نخلص منها) فمدينتها وأهلها لا يلقون الذنب إلا على عاتق الفتاة وكأنها وافقت على حدوث ذلك أو كان بمحض إرادتها أما شبيه الرجال فهو رجل ولا يُحاسب، لكن إن كان عليها الموت في كل الحالات فلتمت بشرف واستماتة في تحقيق العدالة لها.

قاطع أفكارها صوت طرق الباب تلاه دخول الطبيب الذي حدّثها ببسمة مشرقة:

ـ ما شاء الله ده احنا بقينا كويسين اهو

حاولت خلق ابتسامة مجاملة له قبل أن تهتف بنبرة تتدفق العزيمة من بين طياتها:

ـ لو سمحت يا دكتور ممكن تجهزلي تقرير عشان هرفع قضية.

ـ قضية ايه انتِ عايزة تفضحي نفسك وتفضحينا معاكي

خرجت هذه الكلمات من فاه "عاصم" الذي وصل للتو بعدما تناهى إلى سمعه ما تود فعله

انكمشت على ذاتها فور رؤيتهم لتحاول استعادة ثباتها قائلة بصوت قوي لكنه مرتعش:

ـ وانا مش هسيب حقي يا "عاصم" ده بدل ما انت وبابا اللي تعملوا كده وتسعوا ورا حقي

قبض على ذراعها بقسوة قائلًا:

ـ احنا مش هنفضح نفسنا وتبقى سيرتنا على كل لسان عشان واحدة متربتش زيك

صدمت من حديثه البشع عنها بتلك الطريقة فهي كانت تتوقع منه الخذلان ولكن الخوض في شرفها واتهامها بالباطل كانت تلك القشة التي قسمت ظهرها

هتفت والدتها بدموع وهي تضع كفيها بين راحتيها:

ـ يا بنتي ابوس ايدك ارحمينا من الفضيحة الموضوع لو وصل لأهل ابوكِ في الصعيد هيقتلوكي

أجابت باستنكار رافضة كل العادات والتقاليد التي يمارسونها إلى اليوم:

- انا ليه، ليه اتعاقب واموت بسبب حاجة مليش ذنب فيها، ليه مش هو اللي يتقتل عشان يبقى عبرة لأي حد يفكر يأذي بنت ويدمرها بالشكل ده

- دي عادات اتربوا عليها إن الراجل يعمل اللي هو عايزه ومحدش يحاسبه لكن البنت

قاطعتها صارخة وإحساس القهر يتملّكها أكثر:

وليه اتظلم مرتين انا مختارتش يحصلي كده انا كنت ضحية

افهموا بقى، انا اتهانت واتدبحت واتعاملت أبشع معاملة وفي الآخر اتقتل كمان عشان شوية عادات متخلفة

بكت والدتها بشدة على ما عانته ابنتها حتى الطبيب

- الواقف منذ دلوفهما — أدمعت عيناه على تلك المسكينة التي ستصبح ضحية لعادات وتقاليد قديمة لا ترى المرأة إلا خطيئة يجب التخلص منها ودفنها تحت قناع الشرف.

جففت دموعها قائلة بتحدي:

- وانا قررت إني مش هكون ضحية تاني

سألها والدها بتوجس:

- يعني ايه يا "داليدا"

ألقت عليه نظرة خاطفة زينتها خيبة الأمل ثم توجهت بعينيها إلى الطبيب:

- يعني جهزلي التقرير وبلغ البوليس يا دكتور

- لو عملتي كده لا انتِ بنتي ولا اعرفك.

تطلعت إلى الطبيب تحثه على فعل ما تريد في حين انسحب بهدوء خارج الغرفة لينفذ طلبها

تحدثت بصوت منخفض تجرع مرارة الخذلان:

- للأسف خسرت حقك إنك تكون ابويا بعد ما اتخليت عني.

***

زفر بحنق ملقيًا هاتفه بعصبية بالغة على المكتب أمامه فقد سأم أفعال أخيه وتصرفاته الطائشة، قاطع غضبه صوت رنين هاتفه فتناوله ووجد شقيقه هو المتصل ليجيب عليه سريعًا:

- دلوقتي افتكرت إن ليك أهل يا أستاذ اقدر اعرف مختفي فين من أربعة أيام وموبايلك مقفول

أجاب باستمتاع وهو يتلذذ بالمشروب النبيذي قبل أن يتناوله دفعة واحدة:

- تقدر تقول إني كنت بحتفل بحاجة كان نفسي تحصل من شهور وحصلت.

- وانت بتعمل حاجة في حياتك غير الشرب والسهر والبنات

تأفف من حديثه المتكرر في كل مرة يتقابلان أو يتحدثا سويًا:

- انت عايز ايه دلوقتي يا "عمرو"

- ياريت تكلم ابوك عشان قالب الدنيا عليك ومتطولش في غيابك، سلام.

أغلق الخط دون سماع رده في حين اغتاظ الآخر وألقى بالهاتف في عرض الحائط.

***

- سيف الأنصاري

هتفت بها "داليدا" بجمود أمام الضابط الذي جاء للتحقيق معها بعدما أبلغ الطبيب وقدّم الأوراق التي تثبت صحة اتهامها في حين هربت الدماء من وجه الضابط وظهر الارتباك على قسمات وجهه

- انتِ متأكدة من اللي بتقوليه ده

أجابت بثبات وعينيها مرتكزة على ملامحه التي تغيرت فور سماعه الاسم:

- ايوة متأكدة هو "سيف الأنصاري"

حاول استعادة رابطة جأشه قائلًا بجدية مصطنعة:

- تمام انا سجلت شهادتك، بعد إذنك

تنفس الصعداء فور خروجه وكأن هم ثقيل انزاح عن صدره، أخرج هاتفه محدثًا أحد الأشخاص لتأتيه الإجابة بعد بضع ثوان:

- خير يا "يونس" مش كنت لسة قافل معايا

- مش خير يا "عمرو" اخوك متهم في قضية اغتصاب والبنت مصممة ترفع قضية

انتفض عن مقعده فجأة كأن حية لعينة التهمته صائحًا بصوت مرتفع وقد وصل الغضب ثروته:

- انت بتقول ايه انت متأكد من كلامك ده

- طبعًا متأكد انا لسة خارج من عندها دلوقتي كنت بحقق وقولت اعرّفك قبل أي إجراء رسمي

- خير ما فعلت يا صاحبي ابعتلي اسم المستشفى انا جاي حالًا.

لم ينتظر سماع الرد وأغلق معه سريعًا ولملم أشيائه وهو يتوعد لشقيقه الطائش الذي سيقضي عليهم حتمًا بأفعاله.

وصل إلى المشفى بسرعة قياسية واتجه فورًا إلى غرفتها بعدما أشارت له إحدى الممرضات عليها، طرق الباب بهدوء ثم دلف وجلس على مقعد بجوار الفراش والأخرى تنظر له باستغراب وهي تعتدل في جلستها، كادت أن تتحدث إلا أنه قاطعها بإشارة من يديه ليعقب على فعلته بنبرة جامدة يزينها الغرور وهو يضع قدمًا فوق الأخرى:

- مش عايز كلام كتير انا "عمرو الأنصاري" اخو "سيف" وجاي اقولك تلمي الدور احسنلك انتِ مش قدنا وحتى لو بلغتي كده كده اخويا مش هيقعد في الحبس ثانية وانتِ اللي هتتبهدلي.

صاحت بغضب من حديثه المتجبر والظالم معها:

- يعني ايه اخوك يدمرني ويضيع مستقبلي وانت بكل قلب ميت بتطلب مني اسكت عن حقي ومتكلمش

- ثلاثة مليون كويس واعتقد ده مبلغ كافي انك تبدأي حياتك من جديد وبالطريقة اللي تحبيها

صدمت من حديثه كيف يعرض عليها المال بعدما سُلب منها شرفها بأبشع الطرق على يد أخاه، ائُ مالٍ قد يعوض خسارتها لنفسها وفقدانها لأعز ما تملك، أهكذا هي قيمتهم بنظر أصحاب الطبقة الراقية، أبهذه الوضاعة يرونهم ويرون أوجاعهم، أيعوض المال ما فقدت، هل بضعة النقود التي عرضهم مقابلًا لشرفها وسمعتها وكرامتها الذين انتزعهم منها شقيقه بكل دم بارد دون الإحساس بذرة ندم أو شفقة تجاهها، لم يرأف بحالها ولا صرخاتها وتوسلاتها بأن يتركها وشأنها بل ذبحها بقسوة بالغة، أوهمها بعشقه

لها حتى صدقته وآمنت به على وعد بالتقدم لها وأن يُكلل حبهم بالزواج، لكنه كان جلادًا بامتياز واقتص منها على خطئها بوقوعها في حبه فلو كانت تعلم أن الحب سيكون خنجرًا مسمومًا يطعن روحها لكانت مزّقت قلبها قبل الانسياق خلف هذا الفخ المرير كالعلقم لمن يصدقه.

ابتسم بسخرية وهو يرى شرودها وأيقن أنها وافقت على عرضه السخي لذا أخرج دفتر الشيكات الخاص به ودوّن المبلغ ووضعه أمام عينيها، انتبهت له لتنزعه من بين يديه تنظر إليه باستحقار قبل أن تمزقه لقطع صغيرة وتلقيها في وجهه قائلة بنبرة يملؤها التحدي:

- انا مش هسيب حقي واخوك هيتعاقب وياخد جزائه

زفر بملل من حديثها المتكرر ليقول بهدوء لا يخلو من الإهانة الواضحة:

- طيب قولي من الأول إن المبلغ قليل وهزوده بلاش منه الفيلم الهندي ده، هخليهم خمسة مليون.

تطلعت له باشمئزاز وبصقت في وجهه صارخة بغضب:

- امشي اطلع برة، برة

الغضب والغل يحتلان عينيه والشرر يتطاير من بين حدقتيه ليهتف من بين أسنانه وهو يشيعها بنظرات غاضبة:

- والله ما هسيبك انا هوريكِ مين هو "عمرو الأنصاري"

وغادر بعدما صفق الباب خلفه بقوة كادت أن تحطمه تاركًا "داليدا" في أقصى حالاتها سوءًا.

***

"اتهام سيف الأنصاري نجل رجل الأعمال المعروف كرم الأنصاري بقضية اعتداء ولم يصرح بأي شيء أو ينفي الخبر"

"فضيحة ابن رجل الأعمال كرم الأنصاري المتهم في قضية اعتداء"

"فضيحة تهتز لها امبراطورية عائلة الأنصاري بعد اتهام نجلهم الأصغر بالاعتداء على فتاة"

تصدرت تلك الأخبار عناوين الصحف والمجلات وانتشرت كالنار في الهشيم حتى أصبح الجميع يعلم بها.

ألقى الجريدة بعنف بعدما هبّ من مقعده بهياج وهو يوجه حديثه الغاضب لولده:

- ممكن تفهمني ايه ده؟

تلجلج "سيف" بالحديث وظهر التوتر على ملامحه خوفًا من والده الذي لن يمرر الأمر مرور الكرام أبدًا

- دي كدابة انا مستحيل اعمل كده.

تدخل شقيقه في الحديث قائلًا بغضب هو الآخر:

- لا عملت وانا اتأكدت بنفسي وروحت للبنت وعرفت إنها مش ناوية تسيب حقها ولا هتتنازل عن القضية

كان الحديث هذه المرة من نصيب والدته التي هتفت بغضب وخوف على ولدها:

- يعني ايه يا "عمرو" هتكدب اخوك وتصدق البنت دي، طالما قالك معملتش يبقى معملش، واكيد البنت دي قاصدة تورط اخوك

تحدّث بنفاذ صبر:

- وهتستفاد ايه يا ماما لمَّ تفضح نفسها

- قالت يمكن اطلع بقرشين في الاخر

- لا يا ماما انا روحتلها وعرضت عليها بدل المليون خمسة ورفضت.

تكلّمت بغرور:

- اكيد طمعانة في اكثر من كده

لم يتحمّل أكثر من ذلك ليصرخ بعصبية:

- كفاية يا "هويدا" اللي عمله ده بسبب دلعك فيه ولسة لغاية دلوقتي بتدافعي عنه.

- ابني ميعملش كده يا "كرم" ...

قاطعها بنفس نبرته المنفعلة:

- قولتلك عمل واهي البنت رفعت قضية وسمعتنا بقت في الأرض.

تحدّثت بنبرة مماثلة:

- اتصرف يا "كرم" ولا هتسيب ابنك يتحبس ونقف نتفرج عليه، انت ليك معارف كثير وتقدر تخرجه منها بسهولة.

قاطع حديثهم صوت رنين هاتفه فجذبه بعصبية هدأت قليلًا بعد رؤيته هوية المتصل، أجاب عليه بإيجاز:

- أهلًا يا "رياض"

- ايه الأخبار اللي انتشرت دي يا "كرم" ابنك عمل كده فعلًا

- بينكر بس انا متأكد إنه عمل كده

- متقلقش يا "كرم" انا مستحيل اسيب ابن اختي، انا هعرف اخرجه منها ازاي

ظهرت بوادر الأمل على محياه وهو يهتف بعدم تصديق:

- بجد يا "رياض" لو حصل فعلًا تبقى أنقذتنا من فضيحة كانت هتهد سمعتنا

تحدّث الآخر بثقة مزينة بمكر:

- متقلقش ثغرات القانون كلها في ايدي وانت عارفني.

- اكيد ده انت "رياض سلّام"

تبادلوا الأحاديث عن كيفية سير القضية والاجراءت التي سيتخذونها ثم أغلق معه تاركًا الآخر في تنفيذ ما اتفقوا عليه لحل تلك المعضلة.

***

- هتفضلي حابسة نفسك كده كتير، من ساعة ما خرجتي من المستشفى وانتِ ع الحال ده

هتفت بصوت باكي:

- سيبيني لوحدي يا "منال" أرجوكِ

قاطعهم صوت والدها الغاضب الذي دلف للتو إلى الغرفة بعدما فتح الباب على مصراعيه بقوة فزعت لأجلها الفتاتان، قبض على ذراعها بعنف لتتأوه بوجع وهي تحاول الإفلات منه

- مبسوطة دلوقتي بعد ما سيرتنا بقت على كل لسان ومش عارفين حتى ننزل من البيت بسبب عملتك السودة.

أجابت بأسى وثقل يجثم على قلبها:

- عملتي اللي شايفها سودة كان لازم انت اللي تعملها وتبقى متمسك بيها مش انا، بس في الوقت اللي المفروض تقف فيه جمبي وتحسسني بحنيتك وخوفك عليا وإن ليا ضهر يحميني ويسندني

حاربتني بكل الطرق وكسرتني، انا عمري ما حسيت بالضعف قد دلوقتي وانت بتتخلّى عني في عز احتياجي ليك.

اهتز بدنه لحديثها وشعر بالعطف والشفقة تجاهها ولكن سرعان ما نفض تلك الأحاسيس التي اجتاحته وارتدى قناع الجمود مجددًا ولم يلبث ببنت شفة بل ألقى عليها نظرة سخرية ثم حمل نفسه وغادر الغرفة والأخرى تجهش بالبكاء بين أحضان شقيقتها الداعم الحقيقي لها إلى الآن.

دق جرس الباب معلنًا عن وصول ضيف غير مرغوب فيه، فتح "عاصم" ليجد أمامه رجل في العقد الخامس من عمره يرتدي بذلة أنيقة وعلى وجهه علامات المكر، تنحنح "رياض" وهو يمد يده بالسلام:

- انا "رياض سلّام" المحامي، ممكن اتكلم مع "داليدا"؟

- طبعًا اتفضل

قالها بعدما أفسح له الطريق ، دلف الآخر وابتسامة السخرية ترتسم على محياه، منزل صغير بعض الشيء وأثاث شبه متهالك ومقاعد مهترئة قليلًا قد طبع عليها الزمان آثاره، أوصله إلى غرفة الضيوف واستأذن منه ليخبر شقيقته بقدومه.

توجه إلى غرفتها ليجد على وجهها آثار الدموع فقال بلا مبالاة دون اهتمام لمشاعرها:

- اغسلي وشك وتعالي في حد مستنيكِ برة.

أجابت بصوت مختنق وهي تتطلع بعيدًا عنه وعلى يقين تام بأن القادم من طرف عائلة الأنصاري للتفاوض معها:

- قوله يمشي مش عايزة أقابل حد.

هتف بقسوة وخصلاتها تلتف على يديه:

- مش بمزاجك الراجل مستني برة اتفضلي اطلعي له

- ما تسيبها براحتها يا أخي انت إيه معندكش قلب

- عدي يومك يا "منال" وملكيش دعوة

كادت أن تتحدث مرة أخرى بغضب ولكن قاطعتها داليدا هاتفة وهي تنهض:

- خلاص يا "منال" مفيش فايدة من الكلام معاه انا خارجة اقابله

ثم وجّهت كلامها لعاصم:

- اتفضل انا جاية وراك.

ألقى عليها نظرة استحقار ذبحت قلبها ثم استدار عائدًا إلى خارج الغرفة.

تطلع للمكان حوله باشمئزاز واضح ثم اضطر للجلوس على أحد المقاعد، عقد حاجبيه باستغراب فمازال عقله لا يستوعب كيف لفتاة فقيرة وضعيفة مثلها أن تقف أمامهم من دون خشية، كيف تجرأت على معاداتهم والمساس بمكانتهم الاجتماعية.

- خير، عاوز ايه؟

نطقت بها بجمود وهي تقف أمامه ترمقه بنظرات دنيئة عرفها هو جيدًا ولكنه تجاهل الأمر فيجب إنهاء ما جاء لأجله

- عايز اتكلم معاكِ بخصوص القضية اللي رفعتيها

قاطعته بحدة وهي ترفع يديها مقابل وجهه علامة على إنهاء الحديث:

- لو حضرتك جاي تقنعني اتنازل أو تساومني أو حتى تهددني فاحب اقولك إني مش هتنازل عن القضية ولا هسيب حقي ومش هرتاح غير لمَّ اشوفه ورا القضبان.

تغيرت نبرته وأطرق بسخرية يشوبها التهديد:

- تبقي بتحلمي يا شاطرة انتِ متعرفيش انا مين وسيف الأنصاري مين، انا جيت لحد عندك عشان مصلحتك لإن سمعتك انتِ اللي هتتشوه لكن "سيف" بأكدلك إنه هيخرج منها زي الشعرة من العجين وتابع بقسوة وهو يتفحصها من رأسها إلى أخمص قدميها:

- هتفضل الناس فاكراكِ وفاكرة فضيحتك ومهما عملتي مش هتقدري تمحي فكرتهم عنك ولا نظرتهم ليكِ وأوعدك عمرك ما هتنسي اللي هعمله، انا هخليكِ متعرفيش ترفعي عينك في حد وهتشوفي، مش ابن اخت "رياض سلّام" اللي يخسر سمعته ومستقبله بسبب واحدة زيك.

صاحت هادرة بعنف غير قادرة على تحمّل سماع كلماته الظالمة التي نزلت عليها كالسوط يحرق جسدها:

- واشمعنا انا اللي اخسر مستقبلي وسمعتي وكرامتي رغم إني ضحية، اشمعنا انا الناس تاخد عني فكرة وحشة وتبصلي بنظرات مش كويسة وكل ده بسبب واحد حقير استحلّ حاجة مش ملكه، اشمعنا انا اللي اتظلم وانا مظلومة، ليه مقدرش اخد حقي منه وانتقم لشرفي وسمعتي وكرامتي، ليه؟

أجاب ببرود تام غير آبهًا لحالتها ولا شعورها:

- ببساطة لإن هو "سيف الأنصاري" لكن انتِ مين انتِ ولا حاجة يا "داليدا" مجرد نكرة وأضاف بنفس القسوة التي تحدّث بها سابقًا:

- انا عملت اللي عليا وجيت وحذرتك متلوميش إلا نفسك وبالمناسبة قولي لاختك مش عايز اشوف وشها في المكتب تاني.

عقّبت بقهر وقد اغرورقت عيناها بالدموع:

- حسبي الله ونعم الوكيل فيكوا مش هقولك غير كده ودي دعوة مظلوم.

ارتعشت فرائصه من حديثها لكن سرعان ما عاد لجموده ليرمقها بنظرة نارية ويغادر المنزل صافقًا الباب خلفه بقوة،

جففت دموعها بيديها عازمة على النضال لأجل حقها وعدم الاستسلام مهما كلفها الأمر، استدارت عائدة إلى غرفتها دون أن تجيب على التساؤلات التي أحاطت بها لمعرفة هوية هذا الرجل ولمَ جاء!.

***

- عملت ايه مع البنت يا خالي؟

- ولا حاجة يا "عمرو" مدتنيش حتى فرصة اتكلم معاها واقولها الكلام اللي كنت رايح عشانه

- طيب ايه العمل؟

أجاب بنبرة واثقة وهو يفرد ظهره بأريحية على مقعده الوثير:

- ولا حاجة هنقرص ودنها بس ونعرفها هي لعبت مع مين، ثم أكمل بسخرية:

- هي فاكرة نفسها هتعرف تقف قصادنا بس معلش بكرة تعرف هي وقعت نفسها مع مين.

زفر براحة وهو يبادر بسؤاله:

- ومعاد الجلسة امتى اتحدد ولا لأ؟

- المفروض هتتعرض على الطب الشرعي بعد يومين والجلسة هتكون بعد عشر أيام عقبال ما يطلع التقرير وتابع بخبث:

- وخلال الوقت ده هكون اتصرفت متقلقش.

- مش قلقان خالص انا واثق في حضرتك.

ابتسم له بمجاملة بينما الآخر تحمحم بحرج محاولًا إيجاد طريقة يبدأ بها حديثه ولاحظه "رياض" ليهتف بهدوء:

- اتكلم يا "عمرو" سامعك

تحدث بلهفة كأنه كان بانتظار إشارته لبدء الحديث:

- عملت ايه في موضوعي انا و"رغد" قولتلي سيبني افكر ولغاية دلوقتي مردتش عليا، انا والله بحبها وهحافظ عليها

نطق باهتمام وهو يخلع نظارته:

- اسمع يا "عمرو" انا معنديش أغلى من بنتي يعني تحطها في عينك ومتزعلهاش ويوم ما هتشتكي منك

قاطعه سريعًا هاتفًا بعدم تصديق وقد تهللت أساريره:

- يعني وافقت إننا نتجوز؟

- ايوة مش هلاقي لبنتي احسن منك، حددوا يوم تنزلوا تجيبوا فيه الشبكة بس مفيش جواز قبل ما نخلص من موضوع اخوك.

- اعتبره حصل بعد إذنك اروح ابشرها

ركض من أمامه سريعًا تحت نظراته المبتسمة.

***

مرّت عدة أيام لم يحدث بها شيء سوى عرض"داليدا" على الطب الشرعي لتقييم حالتها بينما استعد "رياض" جيدًا للجلسة التي من المؤكد أنها ستكون الأولى والأخيرة وستحسم لهم لا محال.

***

تجلس على الأرض وسط زنزانة تضم قدميها إلى صدرها وتدفن رأسها بينهم ومن حولها عدد لا بأس به من النساء اللائي يتغامزن عليها لتصيح إحداهن بعنف وهي تغرز أظافرها الحادة بين يديها وترفع رأسها لتنظر للجميع:

- مش دي البت اللي اتهمت شاب غني إنه اعتدى عليها.

لوت الأخرى فمها وهي تجيبها بتهكم:

- مش عارفة انا البنات اللي يبقوا ماشيين مع الشباب بمزاجهم وأما يزهقوا منهم ويسيبوهم يلفقوا لهم قضية اغتصاب ويفضحوا نفسهم.

أيدت أخرى حديثها:

- بنات اخر زمن ثم بصقت عليها باشمئزاز وتحركت للجانب الآخر.

كانت تسمع حديثهم ببكاء مرير، ترى الجميع ينظر لها نظرة دونية محتقرة كأنها الجاني وهي من أوقعت بذاتها في هذا المأزق وليست ضحية العنف والاعتداء فهي لم ولن تنسى نظرات الجميع ما إن يروها فقد استطاع المحامي "رياض" وببراعة أن يأخذ القضية إلى منحنى آخر تمامًا لصالحه وأن يجعل جميع خيوطها متماسكة كعرائس الماريونت لا يتحكم بها سواه، رأت الاحتقار على معالم وجوه كل من رأتهم حتى عائلتها كان لهم نصيب منها فقد صدّقوا كل ما قاله المحامي من افتراءات وأكاذيب ظالمة بحقها باستثناء شقيقتها التي كانت ومازالت تساندها دومًا، أبت أن تصدق حديث الجميع وحاولت إقناع والديها وشقيقها بالعكس ولكن عقولهم المغلقة لم تساعدها، فهم رأوا أنها لم تكتفِ بالتفريط في شرفها فحسب بل سعت جاهدة للتشهير بذاتها وجعل الجميع ينال منها

ومنهم وتصبح سيرتهم علكة بالأفواه لكل من أراد التحدث والخوض في عِرضهم.

دلفت إلى قاعة المحكمة بخطى مرتجفة وبجانبها "منال" فقد أصرّت على الحضور معها وفي طريقها وجدت "رياض" يسير بخطى واثقة وبجانبه "سيف" وعائلته، تقابلت الأعين في مشهد طويل، تراه ينظر لها نظرات وقحة من رأسها حتى أخمص قدميها جعلتها تشعر إنها فتاة ليل فترتجف أواصرها وتبتعد خطوة إلى الوراء والكرّة تعاد أمامها من جديد، شددت "منال" من قبضتها على معصمها بعدما رأت نظرات الخوف تحتل عيونها والعرق يتصبب من وجهها، تحرّك من جانبها وهو يتطلع لها بسخرية ومن بعده مرّ الجميع وفي عيونهم غضب واحتقار لها، مال عليها "رياض" هاتفًا بمكر:

- عندي ليكِ مفاجأة لَمَّ ندخل يارب تعجبك

ثم تحرّك هو الآخر لاحقًا بهم وعلى وجهه ابتسامة خبيثة والأخرى تقف خائفة خاصةً عندما اقترب الموعد ولم يحضر محاميها.

بدأت المحاكمة واستطاع "رياض" أن يأخذ وضع الهجوم عليها منذ الدقائق ولم يكتفِ بذلك بل اتهمها أنها كانت على علاقة بآخر وتريد تلصيق التهمة له

تكلّم "رياض" باحترام:

- بعد إذن المحكمة ممكن نعرض فيديو يثبت براءة موكلي بالإضافة لتقرير الطبيب الشرعي اللي قدام سيادتك

سمح له القاضي لتعمل شاشات العرض داخل القاعة تعرض فيديو بذئ لها مع أحد الرجال دون الكشف عن التفاصيل

صُدم الجميع وهي أولهم ولم تستطع الحديث للدفاع عن نفسها واستغل الآخر صمتها لصالحه

- ودلوقتي بعد ما حضرتك شوفت

قاطعته "داليدا" صارخة:

- الفيديو ده مفبرك دي مش انا، انت كداب

نهرها القاضي بحدة:

- لو مسكتيش هضطر احبسك

لتضطر آسفة أن تصمت والعيون تحاوطها من كل جانب

- اسمحلي سيادتك نسمع الشهود

أشار بيده علامة على الموافقة فدلف الشاهد الأول الذي ما إن رأت "داليدا" اتسعت عيونها بدهشة فقد كان هذا المحامي الذي لم يحضر معها

- قول والله العظيم هقول الحق

- والله العظيم هقول الحق، "داليدا" جاتلي من فترة وطلبت مني ارفعلها قضية على "سيف الأنصاري" إنه اعتدى عليها ولمَّ سألتها عن السبب وضغط عليها قالتلي إنها عملت كده عشان أهلها لو عرفوا إنها غلطت مع حد تاني هيموتوها وقالتلي أول ما اخد منهم تعويض هديلك جزء منه ولمَّ رفضت هددتني إنها هتشوه سمعتي بس ضميري ميسمحش اشوف حد محترم بيتظلم زي الأستاذ "سيف"

هطلت دموعها بصمت فقد تركها الجميع لتقف وحيدة في وجه التيار

- شكرًا يا أستاذ ودلوقتي الشاهد تاني الدكتور "مدحت"

بمجرد أن رأته "داليدا" حتى هتفت باستعطاف تتوسل إليه أن ينصفها:

- أرجوك قول الحقيقية انت آخر أملي

تطلع إليها بنظرة باردة قبل أن يقسم على قول الحقيقة واسترسل قائلًا:

- "داليدا" جاتلي من فترة عشان اعملها تقرير مزور إنها اتعرضت لاعتداء وانا رفضت لإن لا ضميري المهني ولا الإنساني يسمحولي اظلم إنسان برئ.

ذهبت آمالها بين أدراج الرياح فيبدو أن الطبيب أيضًا قد تآمر عليها مع الجميع.

- دي كل الأدلة سيادتك ومعاهم تقرير الطب الشرعي

أومأ برأسه قبل أن يقول وهو ينهض:

- الحكم بعد المداولة.

لمحت نظرات السخرية في عين الجميع والخذلان والخجل في عيون أفراد عائلتها أما هي فصمتت بإنكسار وقد انقطع أملها في الحصول على حقها حتى تقرير الطبيب الشرعي أثبت حديثه أنه لا يوجد هتك عِرض بالقوة ولا يوجد أثر لبصمته داخلها بل لآخر.

ذُهلت من جبروته وكادت أن تجن كيف استطاع تشويه سمعتها إلى الحد الذي يجعل الجميع ينبذها ويتعاطف مع الجاني بل ويراه ضحية، كيف استطاع شراء ضمائر الجميع، حتى الطبيب الذي كان يحثها على عدم السكوت عن حقها ويعرف كل شيء منذ أن حدث ما حدث ودلفت إلى المشفى ويعلم كم المعاناة التي عانتها حينها وقف أمامها بعين ممتلئة دون أن يرف له جفن يقسم أنه سيقول الحقيقة ثم يتحدث بما ينافيها.

لم تفق سوى على صوت القاضي يقول:

- حكمت المحكمة حضوريًا ببراءة المتهم "سيف الأنصاري" من التهمة الموجهة إليه وحبس المتهمة "داليدا عبد الله" ستة أشهر أو دفع كفالة قدرها مائة ألف جنيه وذلك للتشهير وتوجيه التهم الكاذبة وتشويه سمعة المجني عليه، رفعت الجلسة.

صرخت بمرارة رافضة هذا الحكم، غير قادرة على كم الظلم الذي وقع على عاتقها، أأصبحت هي الجاني الذي يجب أن يُعاقب؟ أهي من يجب أن تُسجن؟ أهي من ستتعرض للذل مرة أخرى؟

تطلعت إلى عائلتها على أمل أخير أن تجدهم لجوارها ولكن خابت آمالها وهي ترى نظرات الكره بوضوح في عيونهم تذبح قلبها بلا رحمة تيقنت بأنها فقدت عائلتها إلى الأبد.

أمسكها الشرطي بعنف ووضع الأساور الحديدية حول يديها ويتطلع لها باحتقار بينما هي سارت معه باستسلام غير قادرة على المواجهة مرة أخرى بعد تخلّي الجميع عنها، الجميع يصدق الأكاذيب ويعشق الفضائح وبالأخص في مثل هذه المواقف ودائمًا ما ينحاز للطرف الأكثر قوة لاغيين عقولهم عن التفكير، فقط يؤمنون بكل ما يروه أمامهم وإن كان ضد العقل والمنطق وكأنهم بهائم تنساق خلف الطعام غير آبهه بشيء آخر.

أفاقها من شرودها صوت العسكري يناديها فنهضت بثقل بجسدها وتوجهت نحوه فدفعها بعنف للأمام حتى كادت أن تسقط، دلفت إلى الضابط الذي طالعها باشمئزاز قبل أن يهتف بنفس الطريقة:

- اتفضلي امضي هنا عشان تخرجي واحمدي ربنا إن الناس اللي انتِ ظلمتي ابنهم وحاولتي تشوهي سمعتهم اتنازلوا وإلا كنتِ هتفضلي معانا شوية.

ابتسمت بسخرية ثم وقّعت وغادرت.

***

يجلسون حول مائدة الطعام وبجانبهم كؤوس النبيذ الأحمر يحتفلون بانتصارهم المزعوم

- انت ازاي لحقت تعمل كل ده يا "رياض"؟

- يا "هويدا" يا حبيبتي كل حاجة دلوقتي بقت سهلة بالفلوس.

كان الحديث هنا من نصيب "عمرو" الذي بادر قائلًا:

- معاك حق يا خالي المهم بقى هنتجوز امتى.

- حددوا الوقت اللي تحبوه وانا موافق ثم توجه ببصره إلى "سيف" الذي يتناول الكحول يحدثه باشمئزاز وغضب:

- وانت ياريت تبطل اللي بتعمله ده وانضف شوية مش كل مرة هعرف اخرجك منها.

تشدق بلا مبالاة ساخرة وهو يرفع الكأس إلى فمه:

- حاضر مش هعمل كده تاني.

- انا برضو مش فاهم ليه قولتلنا نتنازل عن القضية؟

أجاب بخبث:

- اصبر شوية يا "كرم" وهتعرف.

أماء برأسه صامتًا وأكملوا احتفالهم وهم يتحدثون بأمور زواج "عمرو" و "رغد"

***

خرجت من قسم الشرطة متوجهة إلى منزلها وعندما وصلت تفاجأت بوالدها وأشقائه يقفون أمام المنزل وقد تناهى إلى مسمعها

أنهم ينوون قتلها عقابًا لها على ما ارتكبته وتدنيس شرفها وعائلتها، بمجرد أن لمحها شقيقها حتى توجه إليها قابضًا على ساعدها بقوة وسحبها وراءه حتى دفعها بعنف لتسقط تحت أقدامهم والقهر يعتلي ملامحها

هتف شقيق والدها الأكبر:

- يلا بينا هنسافر على البلد نغسل عارنا هناك.

وافقه والدها بينما هي نهضت من على الأرض وحاولت التملص من قبضة "عاصم" المؤلمة على رسغها

- مش هروح في حتة انا مظلومة ومعملتش حاجة.

صفعها بقوة أدمت شفتيها وصاح بغضب عارم:

- اخرسي يا قليلة الأدب احنا شوفنا كل حاجة.

- شوفتوا ايه انا بريئة

هتف بنفس النبرة:

- في واحد بعتلنا الفيديو بتاعك وانتِ مع عشيقك يا قليلة الرباية.

صرخت ومازالت تحاول الفرار من قبضة شقيقها:

- كدب يا عمي والله كدب انا معملتش حاجة.

لم يستمع لها بل جذبها بوحشية وألقاها في السيارة متجاهلًا صراخها وآخر ما رأته والدتها التي تبكي بصمت وشقيقتها التي تصرخ محاولة منعهم أن يأخذوها.

بعد فترة توقفت السيارة فجأة بسبب وجود عطل بها لتنتهز "داليدا" الفرصة وفتحت باب السيارة وهي تركض بأقصى سرعتها، حاول شقيقها ووالدها والبقية اللحاق بها حتى وجدوها

تقف أعلى السور المطل على النهر ولم يجرأ أحد على الاقتراب منها

هتف والدها بجزع:

- انزلي يا "داليدا"

قاطعته هاتفة بابتسامة غريبة:

- كده كده هموت فأحسن ليا اموّت نفسي ع الأقل موتة فيها راحة ليا عن اللي هشوفه معاكوا ثم أضافت والأسى يغمر كلماتها:

للأسف الدنيا ظلمتني وانتوا كملتوا عليا كثير وأذتوني أكثر ودلوقتي هروح لربنا اللي معندهوش ظلم ولا أذية.

تراجع جسد والدها وسقط أرضًا وهو يراها تلقي بنفسها في النهر مستسلمة رافعة ذراعيها للموت ومرّحبة به.

***

في بيروت العاصمة

دلف إليها بعدما رأى باب منزلها مفتوح قليلًا ليجدها شاردة كعادتها أغلب الوقت منذ أن عرفها

فرقع أصابعه أمام عينيها لتنتبه له

- خير يا "عز" جاي ليه؟

- في حد يقول للضيف جاي ليه!

أجابت وهي تضحك بخفة أذابت قلبه:

- ضيف ايه بس ده انت صاحب مكان.

ابتسم هو الآخر على حديثها قبل أن يبادر بسؤالها بجدية:

- لسة مش عايزة تعرفيهم إنك عايشة؟

ابتسمت بسخرية مجيبة إياه بحدة طفيفة:

- أرجوك يا "عز" مش عايزة اتكلم في الموضوع ده تاني، دول قدموني للموت بإيدهم ولا كإني بنتهم بسبب معتقدات غريبة عندهم وأكيد عايشين حياتهم عادي

- طيب خلاص اهدي مش قصدي اضايقك، انا حتى عندي ليكِ خبرين حلوين

تغيّرت تعابير وجهها العابسة لأخرى متحمسة تحثه على الحديث فقال ببسمة ارتسمت على محياه من تصرفاتها الطفولية المحببة لقلبه عندما تكون في مزاج جيد:

- "كرم الأنصاري" اتقبض عليه من فترة بأكبر شحنة سلاح داخل البلد ده غير إنهم اكتشفوا فساده في أكثر من حاجة وبسبب إن الأدلة كلها متوفرة مع المحكمة اتحكم عليه بالإعدام ومراته أول ما سمعت انهارت ودخلت المصحة

نطقت بعدم تصديق:

- معقول!

- مش معقول ليه ربنا يمهل ولا يهمل، اومال لو عرفتي الخبر التاني

تطلعت نحوه باهتمام ليكمل حديثه:

"سيف الأنصاري" بقى مدمن وعنده الإيدز واخوه اتخلّى عنه

توسعت عينيها بذهول وابتسامة تتسع شيئًا فشيء وهي تستشعر رحمة الله — تعالى — بها فقدّر لها النجاة وأعطاها فرصة ثانية للحياة فبعدما ألقت بنفسها في النهر قبل خمسة أعوام جرفها التيار بعيدًا وكان "عز" على متن سفينته عندما رأى جسد يطوف المياه لذا وبدون تردد أنقذها من براثن المياه وعلِم منها قصتها بعد معاناة

معها وصدّقها بلا أي دليل وسافرا سويًا - بعدما أوهمت الجميع أنها انتحرت بمساعدته - وأخضعها للعلاج النفسي حتى تعافت كليًا وأكملت دراستها الجامعية هنا بفضل علاقاته الكثيرة، تذكرت أيضًا منذ عدة أشهر عندما أخبرها بالقبض على المحامي بعد اكتشافهم فساده بالإضافة لقضايا الرشوة التي تم إثباتها عليه أيضًا وبانتحار الطبيب بعد انتشار فيديوهات لابنته على جميع وسائل التواصل الإجتماعي فقد كانت على علاقة بشاب تعرفه وتمادت معه حتى علمت بكذبه عليها وتصويرة لها في مواضع سيئة معه وبدأ بابتزازها وطلب منها الكثير من الأموال وعندما رضخت لتهديده وأعطته ما يريد قام بنشر الفيديوهات مع إخفاء هويته ليعلم الجميع بفعلتها وأولهم والدها الذي تيقن أن هذا ذنب "داليدا" التي كان من الممكن أن ينصرها ولكن خذلها كالبقية.

أفاقت من شرودها على صوته يحدثها بنفاذ صبر:

- انتِ رجعتي تسرحي تاني!

- أبدًا انا بس كنت بفكر في حكمة ربنا وقد ايه بيرد المظالم والحقوق لأصحابها بدون أدنى مجهود منهم، يعني من خمس سنين كنت بحارب عشان اخد حقي ودلوقتي حقي رجع بمنتهى الهدوء من غير حرب ولا صراع مع أي حد، والأكيد إن لو كانت الظروف نصفتني زمان مكانش حقي هيجي بالطريقة دي ولا الإتقان ده.

- ونعم بالله

علا صوت رنين هاتفه فتناوله متحدثًا بنبرة رسمية:

- نعم

صمت قليلًا يستمع إلى الطرف الآخر حتى هتف فجأة:

- انت متأكد من اللي بتقوله ده؟

أتاه الرد فورًا:

طبَعا متأكد انا دايمًا مراقبهم زي ما حضرتك طلبت مني وشوية وهتلاقي الخبر منتشر

- تمام لو في جديد بلغني في وقتها، سلام.

أغلق معه ليجد "داليدا" تطالعه باهتمام فهتف بحماس:

- مش هتصدقي ايه اللي حصل

- حصل ايه

- ربنا أراد يرجعلك حقك مرة واحدة

نظرت له بعدم فهم ليكمل حديثه:

- "عمرو" قتل مراته و "رياض" أول ما عرف اللي حصل لبنته وقع من طوله جاله شلل رباعي

شهقت غير مصدقة:

- قتلها ليه؟

- "عمرو" في الفترة الأخيرة كان بيتخانق معاها كثير فغالبًا الخلافات دي هي السبب.

تنهدت تنهيدة عميقة وقد أخذها الشرود مجددًا ليقاطعه سريعًا وهو يهتف:

- مرتاحة يا "داليدا"؟

- عمري ما كنت مرتاحة قد دلوقتي، حاسة بطعم الحق والعدل بعد ما اتحرمت منهم كثير.

ابتسم لها قبل أن تعاود حديثها:

- شكرًا ليك يا "عز" انا عمري ما كنت هقدر اتخطى كل ده من غير وقفتك جمبي ورغم إني كنت في بيتك حتى لو في شقة ثاني بس عمرك ما تجاوزت حدودك معايا.

- انا معملتش حاجة أي حد محترم في مكاني كان هيعمل كده وأكثر وبعدين لو عايزة تشكريني انتِ عارفة ازاي

صمتت قليلًا تفكر في حديثه لتبادر قائلة وهي تعقد حاجبيها بطريقة مضحكة:

- ازاي؟

- توافقي على طلبي ونتجوز

نظرت له وجدته يتحدث والعشق ينبلج من عينيه لتلوح على شفتيها ابتسامة جميلة قبل أن تهتف وهي تتطلع مباشرة إلى عيناه:

- يمكن في يوم من الأيام ثم أكملت بخجل:

- وأعتقد اليوم ده مش بعيد

تمت بحمد الله